Questo libro è di

....

Testi e illustrazioni sono tratti dai seguenti volumi:
- *Le storie più belle della fattoria*, 2009, Giunti Editore
- *La grande festa delle coccinelle e altre storie*, 2005, Giunti Editore
- *Papà Riccio e il succo di mela e altre storie*, 2005, Giunti Editore
- *Aldin il magico orsetto*, 2003, Giunti Editore
- *Chi la fa l'aspetti… e altre storie*, 2003, Giunti Editore
- *Il lungo viaggio… e altre storie*, 2003, Giunti Editore
- *La caccia al tesoro*, 2006, Giunti Editore
- *Il libro orchestra*, 2012, Giunti Editore

Adattamento dei testi originali: Annalisa Lay
Illustrazioni: Tony Wolf, Marco Campanella, Matt Wolf
Progetto grafico: Romina Ferrari
Impaginazione: Annalisa Lay

www.giunti.it

© 2017 Giunti Editore S.p.A.
Via Bolognese, 165 - 50139 Firenze - Italia
Piazza Virgilio, 4 - 20123 Milano - Italia
Prima edizione: giugno 2017

Stampato presso Lito Terrazzi srl, stabilimento di Iolo

STORIE PER I PICCOLI

DAMI EDITORE

È primavera

Sapete quando nascono i cuccioli della fattoria?
Quasi tutti in primavera.

E anche quest'anno è andata così!

Nella stalla della mucca bisogna appendere un fiocco rosa: guardate come è bella la vitellina appena nata!

Ha solo poche ore, ma ha già imparato a dire "Muuu" e a bere il buon latte della sua mamma.

Ma chi si affaccia alla finestra della stalla? È la Capretta Gelsomina: non ha ancora trovato marito e quindi, questa primavera, non ha cuccioli da accudire.

Come le dispiace!
Le piacciono così
tanto i cuccioli!
Anche il puledrino
ha già imparato
a chiamare
la sua mamma.
"Iiih! Iiiih!" nitrisce
piano piano, cercando
di alzarsi sulle sue zampe sottili.

Coraggio, puledrino, vedrai che fra poco ce la farai!
"Che bel puledro, cara Giumenta!" esclama Gelsomina.
Mamma Coniglia, come al solito, ha un po' esagerato:
che schiera di coniglietti ha messo al mondo!
Come farà a occuparsi di tutti quei piccoli?

Anche Mamma Chioccia ha fatto le cose in grande: sei uova si sono schiuse, ma ne mancano ancora un bel po'! "Pio! Pio! Pio! Pio!" pigolano i pulcini agitandosi nella paglia. Papà Gallo li guarda soddisfatto. "Ora riposati" dice alla moglie. "Dovremo trovare presto qualcuno che ci aiuti con tutti questi piccini…"

Anche allo stagno ci sono grandi novità: cinque anatroccoli gialli sono già in coda dietro alla mamma per la loro prima nuotata.

La Capretta Gelsomina li guarda sognante: immagina
di avere anche lei tante caprette che le corrono intorno!
Nella fattoria si rincorrono le voci dei nuovi nati.
"Sgrunf! Sgrunf!" grugniscono i maialini litigandosi
il posto più vicino alla mamma.
"Beee! Beeee!" bela l'agnellino nell'ovile.
"Qua! Qua! Qua!" starnazzano le ochette.
E per ogni nuovo cucciolo, c'è una mamma felice,
orgogliosa, ma anche un po' affaticata…
Per fortuna gli animali della fattoria sono cari amici
e trovano subito una soluzione per far contenti tutti:
sarà proprio la Capretta Gelsomina a occuparsi dei piccoli
quando le mamme saranno troppo stanche. Basterà
un carretto per caricare tutti i cuccioli e portarli a spasso!
"Solo per quest'anno, però…" sospira la Capretta,
felice. "La prossima primavera avrò anch'io i miei piccoli!"

Le piscine

I castori hanno lavorato tutta la primavera: hanno segato
centinaia di tronchi di betulla e ora li portano verso
il fiume. Sono molto operosi e pieni di entusiasmo!
Stanno pensando di costruirsi una nuova tana?
O di deviare il corso del fiume? No... in realtà
vogliono fare una sorpresa ai loro amici per
l'estate, che è già cominciata. Ma quale sarà
la sorpresa? Eccola! È una splendida piscina!
Gli amici del bosco sono entusiasti: Tasso
si è fatto un canotto, mentre Marmotta
e Nocciolino provano un nuovo

gioco molto divertente. C'è chi nuota e chi prende il sole, chi mangia un gelato e chi si tuffa dal trampolino. I castori fanno i bagnini: devono stare attenti, perché non tutti sanno nuotare bene come le rane!

A proposito di rane, le sorprese non finiscono qui…

I castori hanno pensato anche a loro e hanno preparato una bellissima piscina per le gare di nuoto. Doppia sorpresa! Ranocchi e ranocchie non si fanno pregare, indossano subito i costumini a righe bianche e rosse e si preparano per la sfida. Vediamo un po' chi sarà il più veloce!

Pronti? Attenti? Via! Le rane si tuffano e tutt'intorno
c'è un gran trambusto: Talpone fa la radiocronaca della
gara, Leprotto Grigio scatta le foto con la sua macchina
fotografica e il pubblico fa il tifo. In acqua c'è Pesciolino
che fa l'arbitro: deve osservare che tutti rispettino le regole,
ma stando attento a non farsi travolgere!
Alla fine della gara passerà anche Riccio il gelataio
per portare una merenda rinfrescante al pubblico
e ai nuotatori… c'è un sorbetto alle alghe per l'arbitro?
Con le nuove piscine dei castori si divertono proprio tutti.
Che magnifica estate!

La talpa ficcanaso

Alla fattoria ognuno si prepara all'inverno a modo suo: la Chioccia riempie di morbida paglia la sua cassetta per covare le uova al calduccio, l'asinello si fa crescere un pelo folto e ispido per proteggersi meglio dal freddo… e Gigi la talpa, che fa? Come tutte le talpe, si prepara ad andare in letargo e scava una galleria.

Dopo aver scavato a lungo, Gigi la talpa sente il bisogno di prendere una boccata d'aria fresca. Ma, come spesso succede, sbaglia uscita…

Mamma Chioccia si prende un bello spavento e strilla arrabbiatissima: "Questo è il mio pollaio! Qui ci stanno solo le galline, il gallo e i pulcini! Vattene subito!".

"Oh, scusa! Allora proverò a uscire qui…"

"Chissà dove sono arrivato?" si domanda dopo un po' la talpa emergendo all'aperto.

"Che cosa ci fai qui?" gli chiede il cavallo fissandolo dritto negli occhi. "Questo è il mio recinto! Chiudi subito quel buco e fila via!"

Quando il cavallo è arrabbiato, non è il caso di discutere.

Talpone fa dietrofront e prova un'altra uscita ma…

"Che puzza, qui! Dove sarò mai finito?" si chiede Gigi tappandosi il naso. Tre porcellini rosa lo guardano stupiti.

"Ciao, come stai?" chiedono gentili.

Ma Gigi la talpa ha fretta di andare via…

"Ah, qui si sta molto meglio!" esclama soddisfatto guardandosi intorno nell'orto. "Mmm, come è tenera e saporita questa carotina!"

Ma ecco arrivare il fattore e non sembra affatto contento... meglio scappare! Gigi continua a scavare fino ai bordi dello stagno.

"Cra cra! Che cosa ci fa qui una talpa ficcanaso?" gracidano le rane. "Vai via dal nostro laghetto!"

"Scusate tanto, signore rane, tolgo il disturbo! D'altra parte, qui è troppo umido per i miei gusti!"

Gigi la talpa scava, scava e... CRACK!

Che guaio! La sua galleria ha fatto sprofondare la casetta dei conigli! Sarà meglio allontanarsi.

Di galleria in galleria, Gigi la talpa è giunto sotto ai vasti campi che circondano la fattoria con tutti i suoi recinti.
Da qui potrà finalmente uscire senza dare fastidio a nessuno!
Mette il muso fuori e sente cadere sul naso qualcosa di gelato...
"Un fiocco di neve? Evviva, è arrivato l'inverno!
Buonanotte a tutti!" esclama sbadigliando.
Così Gigi se ne va finalmente a dormire e la fattoria ritrova la pace. Fino alla prossima primavera!

Il raglio dell'asino

Tutti sanno che l'asino è considerato dai cavalli un cugino un po' stupido e fastidioso, ma nella fattoria anche tutti gli altri animali si lamentavano dell'asinello Testadura. Quando aveva i suoi momenti di malumore non faceva che ragliare e tirare calci… guai a chi capitava a portata dei suoi zoccoli!

"Basta con questo baccano!" si lamentava la Chioccia.
"Non si riesce mai a riposare in pace! Per di più, mi spaventa i pulcini e tutti gli altri cuccioli!"

Venne il giorno in cui anche il fattore non ne poté
più dei suoi schiamazzi. Così portò il povero Testadura in
cima alla collina, dove poteva sfogarsi senza dare fastidio.
Testadura per un po' fu felice di poter ragliare senza venire
sgridato, ma dopo qualche giorno, stanco, si guardò intorno
e pensò: "Mi hanno proprio lasciato solo! Forse hanno
ragione loro: l'unica cosa che so fare… è dare fastidio!".
Il povero somaro se ne stava là a meditare sulle sue colpe
quando sentì una vocina che lo chiamava. Era Ughetta,
la tartaruga, salita fin lassù a trovarlo.
"Hai smesso di far baccano, eh?" disse
Ughetta con un sorriso. "Sai che quando
non gridi sei proprio simpatico?"
"Lo so, ma ragliare è nella mia natura
e se non tiro calci mi si addormentano
i piedi!" rispose l'asinello.
"Sai, io penso che se la natura ti ha
fatto così, avrà avuto i suoi buoni
motivi!" lo rincuorò la tartaruga.

Quella notte, mentre guardava solitario le
stelle, Testadura sentì uno strano odore…
"Fumo!" si disse rizzando le orecchie e
spalancando le narici. "Fumo dalla fattoria!"
Tirò e scalciò fino a spezzare le travi della
stalla in cui il fattore lo chiudeva la notte e poi si precipitò
giù dalla collina ragliando a pieni polmoni.
Tutta la fattoria si svegliò, giusto in tempo per mettersi in
salvo e per spegnere le prime fiamme dell'incendio partito
dal granaio. Passato il pericolo, mentre ancora sull'aia
si sentiva l'odore di legno bruciacchiato, una processione
di animali andò a ringraziare l'asinello.
"D'ora in poi potrai strillare quanto
vorrai!" gli disse il Papero.

"E noi abbaieremo con te!" dissero i cagnolini.

I cuccioli furono mandati uno a uno a ringraziare il loro salvatore e da quel giorno non ebbero più paura di lui (quasi mai!).

Ma il premio più bello Testadura lo ebbe dal fattore: un elegante posto tutto suo nella scuderia, proprio in mezzo ai cavalli, con il suo nome inciso e una coccarda che da allora ricordò a tutti come anche un povero asinello può rendersi utile, se ne ha l'occasione!

I consigli degli amici

L'estate è finita già da un pezzo e l'aria è molto fredda, questa mattina. La scoiattolina Pet si è alzata di buon'ora e, ben imbacuccata, è pronta per andare al mercato. Vuole vendere una copertina calda e colorata che ha fatto nei giorni di pioggia e comperare un po' di provviste per l'inverno.

"Spero che Jack sia già sveglio, quel pigrone. Mi ha promesso che mi avrebbe accompagnato!"

E così si avvia verso la tana del volpacchiotto. Sono vecchi amici, Jack e Pet, anche se ogni tanto litigano.

Ma Jack, al calduccio sotto le coperte, dorme ancora beato.
"Sveglia, dormiglione, è ora di andare al mercato!
Scendi subito da quel letto!" lo sgrida Pet affacciata
alla sua finestra.

"Sei matta, Pet? Hai sentito che freddo? Vedrai che fra poco nevica! Dammi retta, torna a casa e mettiti a letto!" risponde assonnato Jack.

"Quante storie per un po' di vento!" replica indispettita Pet. "Se non mi vuoi accompagnare tu, vorrà dire che andrò al mercato da sola". E, così dicendo, si incammina tranquilla verso il villaggio. Quando è nel bel mezzo del bosco, improvvisamente il vento comincia a soffiare più forte e più freddo. "Forse facevo meglio a starmene a casa e a seguire il consiglio di Jack… Ma no! Ecco che il vento si calma un po'. Jack è proprio un fifone ad avere paura di un po' di venticello fresco!"

Ma ecco che il vento si alza di nuovo, trasportando
qualche fiocco di neve gelata. Pet ha freddo. Neanche
i guantini di lana e la sciarpa pesante la proteggono
abbastanza: la scoiattolina trema e batte i denti.
I piccoli fiocchi si trasformano presto
in un'abbondante nevicata, che poco
a poco ricopre tutto il bosco.
"Povera me, come farò a
ritrovare la strada che ho
fatto?" si chiede spaventata
Pet. "Speriamo che prima
o poi qualcuno mi venga a
cercare. Che freddo! Brrr!"

Pet non si perde d'animo. Ha trovato rifugio sotto
un vecchio tronco caduto. Si copre con la sua copertina
nuova e accende un focherello per stare più calda.
La neve, però, continua a cadere.
"Aspetterò qui che smetta. È tutta colpa mia. Bisogna
sempre dare retta ai consigli di chi ti vuole bene!"
Gli amici, intanto, si sono organizzati e sono già in marcia.
Jack ha chiesto aiuto all'Orso, al Leprotto e al Gufo e con
loro perlustra il bosco in cerca di Pet.
"Guardate! C'è un po' di fumo che esce da quel mucchio
di neve!" grida a un tratto. "Presto, scaviamo qui!"
I quattro amici scavano veloci. Ed ecco apparire il vecchio
tronco e sotto, completamente coperta di neve, un po'
affumicata e tremante di freddo, c'è proprio Pet, che con
un balzo si stringe al collo del suo salvatore.
"Grazie, Jack, come avrei fatto senza di te?"

Jack la rimprovera con affetto: "Gli amici sono fatti anche per venirti in aiuto, non solo per dare buoni consigli che tu non ascolti mai!".

"Hai proprio ragione, questa volta! Ora venite tutti a casa mia. Ho pronti gli ingredienti per fare una bella torta e una sciarpa calda per ciascuno di voi! Chi vuole la prima fetta?"

Il pupazzo di neve

A tutti i cuccioli piace la neve, anche ai cuccioli della
fattoria. Quest'inverno, poi, c'è stata una nevicata
davvero eccezionale: che spasso!
"Nella neve ci si rotola meglio
che nel fango!" dicevano
i maialini.

"Io ho nascosto un osso qui sotto, vediamo chi lo trova!" diceva il cane. "Yuh! Come si pattina bene sullo stagno!" gridavano i coniglietti. Quante corse sul ghiaccio! E quanti scivoloni!

Le mamme però erano già un po' preoccupate...

"Prenderanno freddo e poi si ammaleranno!" dicevano scuotendo la testa. "Bisogna trovare per questi scalmanati un passatempo più tranquillo..."

"Con tutta questa neve, costruiremo un bel pupazzo!" fu la proposta del cavallo, che si mise ad ammucchiare la neve fino a ottenere un bel monticello alto.

I cuccioli approfittarono per usarlo come pista da slitta.

"Uh! È meglio di un ottovolante!" gridava la coccinella.

"Basta, monelli, ora mettetevi al riparo e decidete come dev'essere il vostro pupazzo!" dissero le mamme.

I cuccioli si misero
al riparo sotto la tettoia
del fienile
e incominciarono
a discutere.

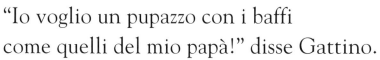

"Io voglio un pupazzo con i baffi
come quelli del mio papà!" disse Gattino.

"E io uno con le orecchie lunghe, come la mia mamma!"
decise il più giovane dei coniglietti.

"Io lo voglio bello cicciottello come me! E con il naso
buffo come il mio!" disse Maialino.

"Mettetegli un cappello!" consigliò Capretta.

"Cercate una scopa! Tutti i pupazzi di neve hanno una
scopa!" disse Paperella.

Il cavallo cercava di accontentare tutti.
E così, aggiungendo un po' di neve qua, togliendola di
là, con un secchio per cappello e una scopa in mano…
guardate che bel pupazzo di neve venne fuori!
"Ma che animale è?" si domandarono i cuccioli. Nessuno
sapeva rispondere, ma tutti però furono d'accordo su una
cosa: era il più buffo pupazzo di neve che avessero mai visto!

Che fame!

Che inverno terribile fu quello! Era caduta tanta neve, il gelo aveva seccato l'erba e le scorte nel granaio erano quasi esaurite. La frutta del frutteto sarebbe maturata solo molti mesi dopo e i coniglietti affamati si contendevano le ultime carotine dell'orto. Quando la neve cominciò a sciogliersi erano rimaste solo poche briciole, che venivano conservate per i cuccioli. Presto non sarebbe rimasto più niente.

Una mattina, svegliandosi e trovando le ciotole e le mangiatoie completamente vuote, gli animali decisero che fosse ormai ora di correre ai ripari.

"Io non ho più forze" disse Ettore, il cavallo da tiro.
"Se va avanti così ancora qualche giorno non ce la farò più
a tirare il carro!"
"E io non avrò latte per le mie caprette che nasceranno a
primavera!" piagnucolò la capra.
Anche Mamma Chioccia e Mamma Oca erano
preoccupate. "Niente cibo, niente uova!" dicevano.
Il cane ascoltava pensieroso, poi ebbe un'idea.
"Andiamo a vedere come se la
cavano i nostri amici che
vivono nel bosco!"
propose. "Forse
possono darci
una mano".

Si rivelò subito un'ottima idea… Gli animali del bosco
infatti, abituati agli inverni freddi, avevano abbondanti
provviste ed erano pronti a dividerle con i loro amici
in difficoltà.

I cuccioli storsero il naso davanti a certe radici amare
e il tacchino si impiastricciò il becco con il miele offerto
dall'orso, ma tutti poterono riempirsi lo stomaco e ritrovare
le forze in attesa di tempi migliori.

E i tempi migliori presto arrivarono!

Bastarono poche giornate di sole per far spuntare
le verdure dell'orto mentre nei campi maturavano spighe
e pannocchie. L'erba nei prati crebbe e fu tagliata: il fienile
e il granaio furono presto colmi di buon cibo per tutti!

Era il momento di ricordarsi degli amici
del bosco.

"Organizziamo una festa e invitiamoli
per una bella scorpacciata!" propose Ettore.

"Ottima idea!" disse l'asinello, che approvava sempre
le idee dei cavalli.

E così arrivarono l'orso, il ghiro, lo scoiattolo e il tasso.

"Buona questa zucca piena d'acqua!" diceva l'orso,
leccandosi i baffi bagnati di succo di cocomero.

"Che strana pigna… Buona, però!" commentava stupito
il tasso addentando una pannocchia.

"Non avevo mai visto mirtilli verdi! Che bontà!"
esclamava il ghiro abbuffandosi di piselli.

Alla fine decisero che ogni inverno avrebbero pranzato
tutti insieme, almeno una volta, nel bosco, e ogni estate si
sarebbero ritrovati per una festa alla fattoria!

Il magico cuoco

Oggi Aldin, l'orsetto mago, è molto impegnato.
Con gli occhiali sul naso, sta studiando sul Grande
Libro degli Incantesimi una formula magica
complicatissima, dal titolo: *Come diventare invisibili*.
Ma che fatica procurarsi tutti questi ingredienti!
Sei uova di serpe d'acqua.
Un gambo di fungo dei pioppi.
Due foglie di rosa canina.
Otto bacche di mirtillo giallo.
Quattro gocce di saliva di grillo...
Aldin ha perso metà della mattina
a convincere un grillo
a sputacchiare nel suo
flaconcino! Radunati
gli ingredienti, è solo
a metà dell'opera. Bisogna
cuocerli per tre ore nel
pentolone, mescolando
sempre e recitando otto diverse
formule magiche a voce alta e due a voce
bassa. Poi agitare tre volte la bacchetta
magica... sperando che funzioni!

Per fortuna Flap il pipistrello gli fa da assistente,
controllando sul librone che il Grande Mago non sbagli
neppure un passaggio.
"Devi aggiungere anche un po' di miele" dice Flap,
che è molto goloso!
"Ora mi sembra che sia densa al punto giusto!" dice
alla fine Aldin, molto soddisfatto. Dal pentolone esce
un profumo appetitoso.

Proprio in quel momento, ecco apparire in cucina
Lino, il fantasmino che abita a casa di Aldin.
Ha occupato da tempo la stanza degli ospiti:
è molto silenzioso e non è disordinato, ma ha
la cattiva abitudine di apparire all'improvviso,
nei momenti più inaspettati.

"Ciao Aldin, che profumino delizioso! Stai
preparando una buona zuppa?" chiede leccandosi
i baffi (che non ha!).

"Che zuppa e zuppa! Non ho tempo da perdere con
le zuppe! Questa è una pozione magica che mi renderà
invisibile. Così potrò passare attraverso i muri!" risponde
Aldin un po' seccato.

Poi riempie con il mestolo la sua tazza delle pozioni e beve
l'intruglio tutto d'un fiato.

"Non è niente male davvero!" dice rivolto a Lino.

"Ne vuoi un po'?"

"No, grazie" ride il fantasmino. "Non
ho certo bisogno di pozioni per passare
attraverso i muri, io!"

"Bene, adesso anche io farò come te
e passerò dall'altra parte. Stai un po'
a vedere!"

Così dicendo si dirige con passo deciso
verso la parete, con l'intenzione di
passarci attraverso, ma… SBAM!!!
"Ahi, che duro!" Aldin ha sbattuto il naso!
"Devo aver esagerato con il miele…
la formula sul libro non ne parlava
affatto. È tutta colpa di quel golosone
di Flap!" pensa l'orsetto magico.
Ma per fortuna la botta gli ha fatto tornare
in mente una cosa importante, che stava per
dimenticare: questa sera ci sarà la cena con tutti i soci del
Club dei Maghi… e lui non ha ancora preparato niente da
mangiare! L'orsetto magico si rimbocca le maniche, alza
le braccia e, agitando la bacchetta sul pentolone fumante,
recita così: *Pozione pozioncina, diventa
adesso una bella minestrina!*
"Ecco fatto! Mmm, che
buona…" dice alla fine,
assaggiandone una
cucchiaiata. "È perfetta!
La mia pozione magica è
diventata un'ottima zuppa
per gli ospiti!"

Gli invitati iniziano ad arrivare: ecco la fata Volpina insieme a Vera la fattucchiera, che si siedono accanto ad Aldin. Dall'altra parte si siede Alambicco, il presidente del Club dei Maghi.

"Prego, Merlano" dice il presidente al Gran Mago dell'Est. "Si sieda qua a capotavola".

E poi arrivano Guffo, il mago della Notte e Riccio, l'indovino dei Boschi. Per ultimo si siede Luna Gialla, il segretario del Club... e il solito ritardatario!

"Proprio squisita, questa minestra, Aldin! Una vera delizia! È molto lunga da preparare?"

"Ehm… no, non ci ho messo molto, direi! D'altro canto, noi maghi siamo anche degli ottimi cuochi!"

I maghi e le fate iniziano a ridere a più non posso e Lino fa un salto in alto per evitare di rovesciare tutta la zuppa in testa alla fata Volpina!

La serata è riuscita, i soci del Club sono così contenti e a pancia piena che hanno deciso di ritrovarsi una volta al mese per gustare le specialità di ognuno!

"La prossima volta andiamo a casa di Luna Gialla… speriamo arrivi per tempo!" pensa Aldin mentre il sonno lo avvolge già.

La gara di corsa

Emma la tartaruga era sempre pronta a dare buoni consigli. Quella volta però era lei ad avere bisogno di aiuto. "Tutti mi prendono in giro perché sono lenta! Io vado piano, è vero, ma alla fine arrivo sempre, ovunque debba arrivare!" si lamentò con la volpe. La volpe l'ascoltò attenta e poi le disse: "Daremo a tutti una lezione, vedrai! Organizzeremo una bella gara di corsa… Tu iscriviti, al resto penserò io!". Emma si fidava della volpe e si iscrisse alla corsa, insieme al cucciolo Bibò, al coniglio Runny e alla puledra Camilla. Che speranze aveva di vincere?

I quattro animali presero posizione al nastro di partenza e al "VIA!" partirono tutti insieme. Camilla scattò in testa, galoppando velocissima con la criniera al vento. Il coniglio la seguiva saltellando sulle

sue gambette robuste. Bibò faceva fatica a tenere il passo
degli altri due ma, ansimando e con la lingua di fuori,
cercava di non farsi distanziare.

Emma invece restò indietro e, mentre gli altri erano già
a metà gara, lei aveva percorso solo qualche metro.

Ma ecco che entrò in scena la volpe.

Rapidissima, piazzò sul sentiero uno specchio e si nascose
dietro a un albero a spiare.

Camilla arrivò, vide la sua immagine riflessa
nello specchio e si fermò ad ammirarsi,
trovandosi veramente molto carina.

Il coniglietto Runny le passò
accanto saltellando.

"Specchiati pure, vanitosa! Così io arriverò per primo!" disse ridendo mentre la superava. Ma la volpe aveva preparato anche per lui un trabocchetto.

Poco più in là, sotto un albero, ecco un bel cesto di carote.

Quale coniglio potrebbe resistere a una simile tentazione? "Ne assaggerò un pezzetto e poi riprenderò la corsa!" si disse Runny. Ma, come si sa, una carota tira l'altra e il cestino era già mezzo vuoto quando passò Bibò, stanco ma ormai vicino all'arrivo.

"Mangia, mangia, golosone!" gli gridò il cane. "Così sarò io a vincere la corsa!"

Ma naturalmente la volpe aveva pensato anche a lui. Nascosta dietro un cespuglio, si mise a belare, proprio come un agnellino perduto che cerca la sua mamma.

"BEEE! BEEE!" faceva la volpe, abilissima a imitare i versi degli altri animali.

"Qui c'è un agnellino in pericolo…" si disse Bibò fermandosi di botto. Conosceva bene il suo dovere e subito si mise a fiutare tra i cespugli. Ma che strano… il suo naso non sentiva profumo di agnello, ma solo odore di volpe!

Così, mentre Camilla continuava ad ammirarsi nello specchio, Runny a ingozzarsi di carote e Bibò a cercare agnellini da salvare, Emma giunse al traguardo per prima e fu proclamata vincitrice.

"Te lo sei meritata!" le disse la volpe.

"Chi vuole vincere, non deve lasciarsi distrarre. Come vedi, l'importante non è essere il migliore, ma metterci impegno e costanza". E quel giorno tutti impararono che anche chi va piano può andare molto lontano!

La fuga

La Chioccia stava covando le sue uova. Dopo pochi giorni le uova si schiusero e ne uscirono otto pulcini… birichini! "Non ho mai avuto una covata così scatenata!" si lamentava la Chioccia. "Sono appena nati e già vorrebbero uscire dal pollaio!"

Infatti un pomeriggio, appena la Chioccia, stanca, si addormentò, gli otto pulcini disobbedienti scapparono da un buchino che si era formato nella rete del pollaio.

"Che bella la libertà!" disse il primo.

"Pio! Pio!" strillava il secondo.

"Splash!" fece il terzo tuffandosi in una pozzanghera.

"E questo chi è?" si domandò il quarto osservando con timore un vecchio spaventapasseri. Anche gli altri fratellini erano indaffarati: chi a rincorrere farfalle, chi a beccare semi, chi a guardarsi intorno... solo il più piccolo, l'ultimo nato, che aveva seguito a malincuore i fratellini fuori dal pollaio, si era addormentato appoggiato a un sacco di semi.

Intanto il cielo si era rannuvolato e un venticello fresco annunciava l'avvicinarsi di un temporale.

BUUUUUM! tuonò a un tratto il cielo. Che spavento!

"Che cosa è stato?" domandò tremando il più piccolino, svegliandosi di soprassalto.

Gli altri, diventati all'improvviso molto meno spavaldi, non sapevano rispondere.

Ed ecco una goccia, poi un'altra... e presto una doccia scrosciante!

"Ehi, quanta acqua!" protestò un pulcino, riparandosi con i fratelli sotto una grande foglia.

"Dobbiamo scappare di qui!"
decisero dopo un po'. "Proviamo
ad andare in quella casetta là!"
Quella casetta era la cuccia di
Brack, il guardiano della fattoria.
E così Brack dovette far posto
alla combriccola di monelli!

Al riparo, rinfrancati dal caldo pelo del cane, caldo quasi
come le piume di Mamma Chioccia, i pulcini
si addormentarono.

L'unico a non riuscire a dormire era proprio Brack,
preoccupato dal suo nuovo compito di baby-sitter.

La pioggia divenne meno insistente e, quando cessò,
riapparve tra le nuvole la luna, illuminando il cortile della
fattoria. A quel punto Brack vide
da lontano la povera Chioccia
che perlustrava l'aia in cerca
dei suoi pulcini.

"È ora di tornare a casa,
piccoli!" disse a bassa
voce per non
svegliare i suoi
ospiti.

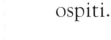

Con delicatezza li prese con la bocca e li radunò in una grande cesta, che poi trascinò verso il pollaio.

"Mamma!" esclamò svegliandosi il più vispo dei pulcini. "Eccoci qui! Che bella avventura! Abbiamo visto un omino di paglia, tante luci che facevano BUM e poi il cielo ci ha fatto la doccia! Ora puoi metterci a nanna… vedrai che dormiremo tranquilli!"

"Spero bene!" borbottò severa la Chioccia. "D'ora in poi, basta con le avventure! Vedrete che scoprire il mondo con me, giorno per giorno, sarà divertente lo stesso! E ora ringraziate Brack: chissà come sarebbe finita questa fuga se non ci fosse stato lui!"

"Grazie, Brack… e buonanotte!" pigolarono in coro gli otto pulcini, stringendosi alla mamma.

Chi la fa l'aspetti

Siamo in piena estate: gli animali del bosco sono in vacanza e riposano al fresco, all'ombra degli alberi.
Jack è felice: è stato invitato a fare la merenda da Pet.
"Vorrei portarle un mazzo di fiori, ma dove li posso trovare?"
Così decide di raccogliere dei fiori proprio dal giardino di Pet.
"Ne ha così tanti, non si accorgerà se ne manca qualcuno. Così, sarò sicuro che questi fiori le piacciono: li ha coltivati lei!" Jack si sente una volpe molto astuta.

Pet è commossa per il mazzo di fiori: "Sei stato gentile, Jack! Sono proprio i miei fiori preferiti. Come facevi a saperlo? Ma… aspetta un momento! Chi ha fatto quel buco nell'aiuola? I miei poveri fiorellini… Sei stato tu! Vai via, non ti voglio più vedere!".

"È meglio che tagli la corda!" pensa Jack. "Pet è piccola, ma quando è arrabbiata così fa paura… Che sciocco sono stato! Riuscirò a farmi perdonare?"

Pensa e ripensa, a Jack viene un'idea.

"Fra qualche giorno ci sarà la grande festa di mezz'estate. Manderò un biglietto carino a Pet e la inviterò a venire con me al ballo. A tutte le scoiattoline piace ballare!"

Detto fatto, Jack corre a casa e prepara un biglietto
di invito per Pet. Poi lo lascia davanti alla porta della sua
casetta.
"Come sarà contenta, quando lo leggerà!" pensa Jack.
Ma la sera del ballo... che brutta sorpresa! Quando Jack va
a prendere la sua amica scoiattolina per portarla alla festa,
sulla soglia di casa di Pet c'è Elvira, la vecchia talpa, che
gli corre incontro felice, vestita in abito da sera.

"Come sei stato gentile a invitarmi alla festa, Jack! Pet mi ha fatto avere il tuo biglietto. Mi ha detto che non avevi il coraggio di portarmelo di persona. Sei veramente troppo timido, Jack!"

Jack ha poco da protestare: Elvira lo trascina via senza dargli il tempo di spiegarsi. La festa non è certo divertente, per la povera volpe.

Mentre Pet e gli altri amici giocano e ballano, mangiano e cantano, lui è costretto ad ascoltare per ore Elvira che racconta con voce monotona la storia della sua vita.

Finalmente il Gufo Saggio chiede a gran voce il silenzio.
"Tutti zitti! Vi devo comunicare il nome del vincitore della
Lotteria! Il viaggio in mongolfiera e la vacanza al mare per due
sono stati vinti da… PET LA SCOIATTOLINA!"

Tutti gli animali si affollano intorno a Pet per
congratularsi. Solo Jack se ne sta in un angolo, triste.
"Chi verrà con te in vacanza, Pet?" chiedono gli amici.
Già, si chiede Jack, chissà chi porterà…
"Partirò solo con il mio miglior amico!" dice Pet.
"E chi sarebbe?…"
chiede timidamente Jack.
"Tu, naturalmente!"
gli risponde ridendo Pet.
"Se avrai imparato
a comportarti bene!"
Jack abbraccia felice
la sua amica: anche
questa volta
è stato perdonato!

La lana di Agnellina

Agnellina era molto fiera della sua lana bianca.

"Come sei carina!" le dicevano tutti.

"Che boccoli candidi!"

"Che riccioli meravigliosi!"

Ogni anno, in primavera, il fattore riuniva le pecore e gli agnelli nel recinto per tosare la loro lana e farne grandi matasse da vendere al mercato. Quando Agnellina compì un anno, in aprile, la sua mamma le disse: "È ora che il fattore tosi la tua lana, vedrai poi come starai più fresca!".

Ma Agnellina non ne voleva sapere di farsi tosare.

"Sono bella così, me lo dicono tutti, mamma! Non voglio perdere i miei riccioli bianchi, e poi non ho caldo… al fattore basterà la tua, di lana!"

Allora Mamma Pecora portò Agnellina nel prato dietro alla casa, dove stavano stesi i panni ad asciugare.

"Guarda quante cose carine si possono fare con la nostra lana!" le disse indicando una morbida copertina, un bel golfino e una sciarpa che la moglie del fattore aveva sferruzzato per i suoi bambini.

Ad Agnellina piacevano quegli oggetti, le sarebbe anche piaciuto mettersi in testa un bel berrettino di lana rosso, con il pompon bianco, ma non era assolutamente disposta a rinunciare ai suoi riccioli.

"Ci ripenseremo l'anno prossimo, mamma. Per ora, ti prego, lasciami i miei bei boccoli!"

Mamma Pecora, scuotendo la testa, la lasciò andare: quella sciocchina avrebbe presto cambiato idea!

Agnellina era molto amica di Vitellina, Anatrella e Capretta, con le quali andava a spasso esplorando la campagna intorno alla fattoria. Diversamente da lei, Capretta era molto soddisfatta del suo pelo rasato, che le permetteva di sentirsi più libera e leggera.

Un giorno che si erano spinte fino al bordo del bosco,
ebbero una brutta sorpresa: dal folto degli alberi saltò fuori
un lupo, pronto ad assalirle. Le piccole amiche scapparono
a gambe levate, ma la lana di Agnellina si impigliò in un
cespuglio spinoso: i suoi riccioli non volevano staccarsi
e il lupo era sempre più vicino…

Con un ultimo strattone Agnellina riuscì a liberarsi,
mentre un bel ciuffo di lana restava attaccato ai rami.
Agnellina corse a casa dalla sua mamma.

"Presto, mamma, voglio farmi tosare dal fattore! Non
voglio più questa lana lunga! Per colpa sua per poco non
venivo mangiata dal lupo!"

E così anche la lana di Agnellina finì al mercato e fu usata
per confezionare golfini morbidi per i neonati. Lei forse
non era più carina come prima, ma era più libera e felice…
e poi la sua lana sarebbe presto ricresciuta, candida e
morbida, pronta per essere tosata
di nuovo in primavera!

Concerto all'alba

"**P**resto, presto! Sono in ritardo!" dice Sam lo Scimpanzé sbuffando. "Puff! Pant! Ma quanto pesa questo pianoforte!"

Stamattina Sam lo Scimpanzé stava dormendo beato nel suo lettino, sognava di nuotare in un mare di banane, quando è suonata la sveglia. Che fatica alzarsi dal letto! Poi si è ricordato che oggi è il giorno della partenza: ha legato il suo pianoforte alla bici ed è corso pedalando all'appuntamento con Lino Topino.

"Sono così felice di rivedere i nostri amici e di suonare di nuovo insieme!" esclama Lino Topino seduto tra i suoi tamburi. Per fortuna hanno trovato un passaggio e il viaggio in mezzo alla campagna lo fanno seduti!

"Chissà se Joe è già pronto?" si chiede Sam.

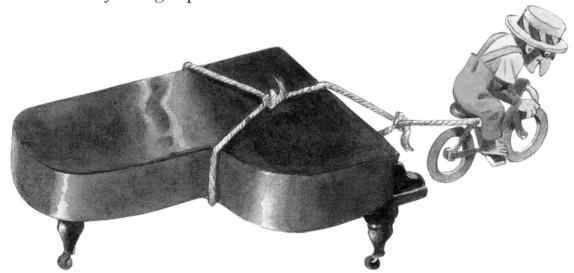

Infatti il prossimo appuntamento è al fiume con Joe l'Ippopotamo, che li sta aspettando sdraiato in una barchetta. Li accoglie suonando il suo sassofono. PEREPEEEE!

"Ehilà amici! Dopo tanto tempo si riunisce il gruppo!"
dice, e poi… PEREPEEEE!
I nostri tre musicisti sono attesi per un grande
concerto alla fattoria, ma il viaggio è ancora
lungo… e manca il quarto! Mentre la chiatta
della Tartaruga li porta a prendere l'ultimo
componente della band, loro ne
approfittano per divertirsi un po'. Che
bello suonare al chiaro di luna! Anche
i pesci e le rane sembrano apprezzare!
DLEN! DLEN! DLEN!

Chi sta suonando la chitarra? Ma è lui, Tony lo Struzzo, che con la sua valigia è pronto per salire sulla chiatta. Adesso il gruppo è al completo: non rimane che arrivare per tempo alla fattoria.
Il sole ancora non si vede, ma tutti gli animali della fattoria sono già pronti per il Concerto all'Alba!
Lino, Tony, Joe e Sam attaccano a suonare ed ecco il Sole sorgere più splendente del solito!

La merenda

Nella notte è caduta molta neve e Papà Coniglio è nandato nel bosco a tagliare la legna: è soddisfatto, ha fatto una bella scorta e il freddo ora non gli fa più paura. Ci sarà un bel calduccio nella sua tana e la stufa scalderà tutti i suoi cuccioli!

"Ciao Papà Coniglio!" gridano Papà Orso e i suoi due orsetti, sfrecciandogli davanti sullo slittino. "La neve oggi è fantastica! Perché non vieni con i tuoi piccoli a giocare con noi?"

"Grazie, ma devo portare la legna a casa per accendere il camino" risponde Papà Coniglio. "Perché non venite a scaldarvi da noi, facciamo una bella merenda e poi usciamo tutti a giocare a palle di neve?" propone alla fine.

"Sììì!" strillano gli orsetti, che non vedono l'ora di giocare con i loro amici coniglietti.

Da quando la scuola è chiusa per le vacanze di Natale, ogni occasione è buona per vedersi con gli amici. E poi da Mamma Coniglia si fanno sempre delle merende golosissime… cosa avrà preparato oggi?

"Abbiamo ospiti!" annuncia Papà Coniglio entrando
in casa. I suoi piccoli gli corrono incontro felici.
"Benissimo!" li accoglie Mamma Coniglia.
"Venite dentro a scaldarvi. Poi ci sarà una
bella fetta di torta per tutti: siete arrivati
giusto in tempo per la merenda!"
Anche il nonno è contento: avere per
casa i cuccioli del bosco gli ricorda
di quando era giovane e così adesso
potrà raccontare loro le sue
storie.
"Sapete, una volta con i miei
amici facemmo un pupazzo
di neve altissimo..."
inizia a raccontare.
La torta, gli amici,
le storie del nonno
e poi... palle e
pupazzi di neve!
Che bel
pomeriggio
li aspetta!

Il telefono senza fili

Dario, il cavallo, era molto innamorato.
Purtroppo la sua fidanzata, la puledrina Stellina,
abitava in una fattoria lontana dalla sua e così non
avevano molte occasioni di incontrarsi. Un giorno decise
di mandarle un messaggio d'amore, contando sull'aiuto
degli animali della campagna.

"Iiih! Iiih!" nitrì spalancando la bocca. "DITE
A STELLINA CHE LE VOGLIO BENE E CHE VOGLIO
SPOSARLA!"

Il lungo nitrito risuonò per tutta la fattoria e giunse alle
orecchie della mucca.

"Muuu! Muuu!" ripeté la mucca:
"DARIO VUOLE BENE
A STELLINA E VUOLE
SPOSARLA!".

"Che bella notizia!" disse Mamma
Chioccia. "Facciamola arrivare
a tutti, in ogni angolo della
fattoria… Coccodè! Coccodè!"
Anche suo marito, il Gallo, volle
fare la sua parte e cantò dal tetto
del pollaio: "Chicchiricchirichì!".

Il canto del gallo
però arrivò un
po' distorto
alle pecore,
laggiù al pascolo:

"DARIO VUOLE BENE A STELLINA E VUOLE
SPOSTARLAAA!".

"Spostarla?" si domandarono le pecore. "Chissà
perché Dario vuole spostare Stellina. Forse per averla più
vicina! Facciamolo sapere alle rane… Beee! Beee!"
Il messaggio giunse allo stagno portato dal soffio del
vento, che a sua volta riuscì a pasticciarlo un altro po':
"DARIO VUOLE BERE UNA
LATTINA DI SUCCO DI
MANDORLAAA!".

"Succo di mandorla?" si
stupirono le ranocchie.
"Che gusti strani, per un
cavallo! In ogni caso,
sarà meglio passare subito
il messaggio! Cra! Cra!"
Sarà che le rane non parlano molto chiaro, sarà che
parlano tutte in coro, fatto sta che quando il messaggio

giunse al bosco, gli uccellini sugli alberi capirono tutt'altra cosa: "DARIO VUOLE AVERE IN CUCINA UNA ZUCCA DA MANGIAREEE!". "Buone, le zucche!" pensarono gli uccellini e ripeterono quanto avevano capito di ramo in ramo, cinguettando in mille linguaggi diversi: "Cip! Cip! Frr! Frrr! Trr!".

Si può ben capire che, in tutta questa confusione di lingue, il messaggio cambiò di nuovo significato. Povero Dario, che cosa avrebbe detto se avesse sentito come le sue parole giunsero alle orecchie delle api, nell'alveare? Le api poi le ripeterono a modo loro ronzando nelle orecchie di Bingo, il cagnone di guardia alla scuderia di Stellina.

"Zzz! Zzzz! DARIO VUOLE AVERE IN CANTINA UNA PARRUCCA DA PETTINAREEE!"

Il vecchio Bingo, che era completamente sordo, dette la botta di grazia alla dichiarazione d'amore del povero cavallo, ripetendo:

"DARIO LA SERA E LA MATTINA PORTA LA MUCCA A BALLAREEE!".

"Va a ballare con la mucca?" si scandalizzò. "Ma non era fidanzato con Stellina? Mah!"

Poi corse a portare il messaggio alla sua amica.
Potete immaginare come si arrabbiò Stellina!
"Ah sì? Va a ballare con la mucca? E me lo manda anche
a dire?" esclamò furibonda la povera puledrina. Lanciò un
nitrito e uno stormo di cornacchie accorse al suo richiamo.
"Portate voi la mia risposta a quel maleducato! E parlate
molto chiaro!"
Dario, nella sua scuderia lontana, aspettava con ansia
la risposta della sua bella e intanto guardava con occhi

sognanti le margherite contandone
i petali…

"Mi sposerà…? Non mi sposerà…?
Mi sposerà…? Non mi sposerà…?"
sussurrava tra un sospiro
e l'altro. "Chissà se
il mio messaggio
le è arrivato…"

"Gra! Gra! Gra! Gra!" gli gridò all'improvviso un gruppo di cornacchie svolazzando sopra la sua testa e strillandogli ogni sorta di insulti. "La tua ex fidanzata Stellina dice che non le importa se vai a ballare con la mucca, perché ormai a lei non importa più niente di te!" conclusero gli uccellacci neri.

Dario alzò gli occhi al cielo e sospirò: "Uff… Mi sa che qualcosa è andato storto: la prossima volta farò meglio a parlarle di persona!".

La pannocchia scomparsa

Nel formicaio oggi c'è grande agitazione. Doveva arrivare un gruppo di formiche che trasportava una grossa pannocchia matura, ma un acquazzone improvviso l'ha fatta rotolare giù per il prato e adesso pare scomparsa. Una squadra di coraggiose operaie parte alla ricerca della pannocchia perduta. Lungo il sentiero incontrano due castori che trasportano un tronco d'albero e chiedono a loro se l'hanno vista. "Ci dispiace, ma non siamo di queste parti" dicono. "Anzi, ci siamo persi e la Farfalla ci sta aiutando a ritrovare il nostro ruscello".

Le formichine riprendono
il cammino e poco dopo si
imbattono in Nonna Topina che
trasporta frutti di bosco con il suo
carretto, così chiedono anche a lei.
"Ho visto solo lamponi e mirtilli. Più
avanti, però, c'è il villaggio delle coccinelle: perché non
provate a chiedere a loro?"
Le formiche ringraziano e si dirigono verso il villaggio.
Per fortuna la Signora Coccinella è appena tornata dal
mercato e lì tutti parlavano di una grossa pannocchia finita
tra le radici della vecchia quercia. Evviva!

Ooooh issaaa! Tiraaa! Forzaaa! Alla fine la pannocchia è stata recuperata ed è giunta a destinazione. Le formichine sono state bravissime: sicuramente riceveranno un premio per la missione compiuta!

Adesso le provviste per l'inverno sono assicurate.

I chicchi vengono sgranati a uno a uno e portati nei magazzini. La casa delle formiche è davvero molto grande: ci sono camere da letto, ripostigli, salotti, cantine e solai.

C'è persino un ascensore!

All'ingresso del formicaio è arrivato Nonno Topino
con un sacco pieno di lamponi.
"La Nonna era così dispiaciuta per la vostra pannocchia,
che mi ha pregato di portarvi questi!"
Che gentili i Nonni Topini!

Il viaggio

Questa mattina i nostri tre amici di Bosco Allegro sono molto indaffarati. Becky la scoiattolina non ha dimenticato proprio nulla: ha la bussola, il cannocchiale, la crema da sole e un bel costumino da bagno!
Duke la lontra si è occupato del necessario per il campeggio: ha portato anche la sua inseparabile amaca e un grosso ombrellone. Sarà perché non vede l'ora di riposare al sole sulla spiaggia?!

Spiky il riccio, invece, doveva pensare al picnic: ha chiesto aiuto a tutti gli amici del bosco che hanno portato un sacco di provviste. In una grande cesta hanno ammassato tanto cibo da sfamare tutto il bosco per parecchi giorni! I tre amici non stanno partendo per le vacanze, sono stati invitati alla festa di compleanno di Spark, un loro grande amico. Ma il viaggio è lungo e bisogna organizzarsi.

"Forza! Tutti a bordo… Si parte!" dice alla fine Becky.
Becky mette in moto il vecchio macinino rosso, che si
avvia cigolando e sbuffando sul sentiero che porta fuori
dal bosco e… verso l'avventura!
"Piano, vai piano, Becky! Attenta!" dice Spiky
preoccupatissimo.
Il Ponte Sospeso è molto traballante.
"Non vi preoccupate, amici! Per fortuna la macchina è
piccola…" risponde Becky, al volante del macinino rosso.
"Ma non è certo leggera, con tutto quello che ci abbiamo
caricato!" esclama Duke.
Per fortuna il ponte ha retto. Dopo tanti chilometri, i tre
amici si fermano per un picnic. Becky controlla ancora una
volta la cartina: "Siamo sulla strada giusta, ne sono sicura!
Chissà quanto manca ancora per arrivare al mare…".

Però Spiky non pensa al mare: il viaggio gli ha messo una fame e pensa solo al picnic! Il sole è alto nel cielo e i tre viaggiatori si sentono in vacanza! Ripartono e verso sera arrivano in cima a un colle.

"È troppo buio, ormai, per proseguire; montiamo la tenda" dice Becky sbadigliando. "Sapete, mi sembra quasi di sentire il profumo del mare!"

Chissà dove saranno arrivati i nostri amici? Domattina, quando si sveglieranno, avranno una bella sorpresa!

Guardate infatti dove si sono accampati! Proprio sui bordi di una scogliera che si affaccia su un'incantevole spiaggia di sabbia candida, bagnata dalle onde di un mare limpido e turchese.

"Evviva, ecco il mare!" esclama Spiky.

"Allora siamo arrivati!" dice Becky.
"Già, ma la festa dove sarà?" si domanda Duke.
Niente paura, basta scendere fino al molo ed ecco gli amici
del mare riuniti per festeggiare Spark lo squalo: ecco chi
era il grande amico!

Ci sono proprio tutti: il pescespada, il polpo, il paguro
e l'aragosta. Spiky ha ritrovato anche suo cugino Andy,
il riccio di mare!
Pronti per il taglio della torta? La festa è fantastica
e Spark è felice: non si è mai divertito così tanto!

Dolci per tutti

Nel laboratorio del Gufo Pasticcere si lavora a più non posso! Il Natale si avvicina e bisogna preparare biscotti, torte e budini: tutti aspettano le creazioni del pasticcere più famoso del bosco. Per fortuna il Gufo ha molti aiutanti, anche se qualcuno invece di impastare... assaggia!

"Non capisco se sono di più i dolci che fate o quelli che mangiate!" borbotta il Gufo ai suoi pasticceri.
Ecco che arriva il Castoro Fattorino, è lui che deve recapitare tutti i dolci insieme a Talpone, ma…
"Capo, purtroppo Talpone non può venire: ha preso un bruttissimo raffreddore!" dice il Castoro.

"Mi dispiace…" dice il Gufo, che sembra sempre
arrabbiato, ma che in realtà è buono come i suoi dolci!
La giornata passa velocemente, tra nuvole di farina
e zucchero, ciuffi di panna e scaglie di cioccolato.
Alla fine tutti i dolci sono stati consegnati, rimane solo
l'ultima torta con panna e ciliegie candite… per chi sarà?
"Questa è per Talpone!" dice il Gufo porgendola
al Castoro. "Con i miei auguri di buone feste!"
Al calduccio nella sua tana, Talpone riposa sotto
la sua copertina con la borsa dell'acqua calda sui piedi.
È passato il Castoro a portargli il dolce, si sono
scambiati gli auguri e adesso Talpone si è appisolato
sulla poltrona con il libro tra le zampe.

Le sue amiche formichine gli hanno preparato una minestrina speciale, che fa passare tutti i mali. E lui, per ringraziarle, ha tagliato loro una fetta di torta: pezzettino per pezzettino la stanno portando nel formicaio per festeggiare. Stasera nel bosco proprio tutti gusteranno le delizie del Gufo più dolce che c'è!

I racconti di Nonna Oca

Nonna Oca sapeva fare bene tantissime cose: sferruzzava i golfini più belli per tenere caldi i cuccioli della fattoria durante l'inverno, faceva la più buona torta di mele del circondario e raccontava le favole più belle del mondo.

"C'era una volta…" cominciava ogni sera, e i cuccioli l'ascoltavano incantati prima di andare a dormire e fare sogni meravigliosi. Erano storie sempre diverse, ricordi di quando anche lei era piccola come loro.

Ma un giorno, tornando dal
mercato con il suo
cestino di mele,
Nonna Oca
fece un brutto
incontro.
"Aiuto! Il lupo!" gridava la
povera oca scappando più veloce
che poteva.
Il lupo in realtà non ce l'aveva con lei, si accontentava
delle belle mele mature, ma lei prese un tale spavento che
per un po' perse del tutto la memoria.
"Non ricordo più niente…" si confidò quella
sera con Nonno Topo, un suo carissimo amico.
"Dove andrò a trovare delle belle storie da
raccontare ai cuccioli? Mi ricordo a malapena
chi sono… Ah! Quel brutto lupo ha proprio
combinato un bel guaio!"
La povera Oca era così disperata che
Nonno Topo decise di darle
una mano (o meglio, una
zampina!). Nonno Topo
era il classico topo

da biblioteca e frequentava
spesso la libreria del fattore,
non solo perché andava pazzo
per il sapore della carta, ma
anche perché gli piaceva
cercare di decifrare le grosse
lettere dei titoli dei libri
e immaginarsi le storie che
potevano contenere.

Così l'indomani andò in visita al
salotto del fattore e si mise a consultare i volumi, uno per
uno. Alla fine ne trovò uno di suo gusto:
"Racconti straordinari... Questo sì che è un bel titolo!
Chissà come saranno contenti i cuccioli e Nonna Oca!".
Il volume era molto pesante, ma un po' spingendolo, un
po' tirandolo per il lungo segnalibro, Nonno Topo riuscì a
trascinarlo fino all'aia. "Non facevo tanta fatica da quando
ero giovane e vincevo le gare di braccio di ferro!" sbuffò il
vecchio topo depositando il suo trofeo davanti alla casetta
delle oche. Nonna Oca inforcò gli occhiali e contemplò
il bel regalo ricevuto.
"Che meraviglia, amico mio!
Queste storie sono ancora

più belle delle mie! Parlano di paesi lontani, di animali strani: i cuccioli impareranno un sacco di cose!"

Quando Nonna Oca, quella sera, aprì il grosso libro e cominciò a leggere, i cuccioli la ascoltarono emozionati. L'unico problema era... che non volevano più andare a nanna! "Raccontane un'altra, nonna!" diceva uno.

"Fammi vedere il disegno del leone!" diceva l'altro.

"Dimmi che cosa è successo poi all'elefante..."

"Lo saprete domani, piccolini!" replicava sorridendo Nonna Oca. "Ora finisce il tempo delle storie e inizia... quello dei sogni!"

Indice